KB080576

해는 요즘도 아침에 뜨겠죠

해는 요즘도 아침에 뜨겠죠

박승민 시집

창비

차
례

제1부

제2부

제3부

제4부

제 1 부

고무나무가 자라는 여름

끝난 것 같은데
끝나지 않은 사람
서는 대신 누워버린 사람
누워서 종일을 걷는 사람
아무리 걸어도 빨간불인 사람
그릇에 떨어진 동전의 힘으로 사는 건지
모르는 사람
아직 지지 않은 사람
지치지 않는 사람
몸과 고무가 하나지만 여름에는
고무다리가 옥수수 잎처럼 더 자라는 사람
동서울터미널 앞에서
해남이나 속초행 버스의 등을
밀어 보내기만 하는 사람
순환선처럼 강변역을 돌고 돌아
늘 동서울터미널 앞인 사람
배달 오토바이처럼 한번씩
바닥에 뒤집혔다가도
끝내, 끝내지 않는 사람

하여간, 어디에선가

안녕,
지구인의 모습으로는 다들 마지막이야
죽은 사람들은 녹거나 흐르거나 새털구름으로 떠오르겠지
그렇다고 이 우주를 영영 떠나는 건 아니야
생각,이라는 것도 아주 없어지진 않아
무언가의 일부가 되는 건 확실해
보이지 않는 조각들이 모여 '내'가 되었듯
다음에는 버섯 지붕 밑의 붉은 기둥이 될 수도 있어
죽는다는 건 다른 것들과 합쳐지는 거야
새로운 형태가 되는 거야
꼭 '인간'만 되라는 법이 어디에 있니?
그러고 보니 안녕, 하는 작별은 첫 만남의 인사였네
우리는 '그 무엇'과 왈칵 붙어버릴 테니깐
난 우주의 초록빛 파장으로 번지는 게 다음 행선지야

길

길은 이야기였다

미루나무와 젖은 콩밭과 달빛 속의 느린 발소리까지 이야
기에 포함되었다

길은 하얗고 자주 강 쪽으로 기울어져서 길과 강은 대부
분 하나였다

길을 따라가면 이야기가 나왔고 이야기를 따라가면 어느
새 집이었다

언제부턴가 도로가 길을 밀어내기 시작했다

이 산의 심장과 저 산의 식도를 뚫어 직선 터널을 놓고부
터였다

집 위로 도로가 나자 사람들도 차츰 길을 멀리했다

허공을 달리듯 소나무 군락지와 낮은 구릉들이 타이어 밑
으로 깔렸다

마을 위로 크고 작은 불빛들이 밤낮으로 달렸다

놀란 개들은 허공을 향해 눈을 뒤집었고 동네는 밤낮이
바뀌었다

그때부터였다

당산나무가 빈 생수통과 검은 봉지를 덮어쓰고 시도 때도 없이 히죽히죽 웃던 때가

논두렁처럼 휘어지던 이야기들도 직선으로 달리기 시작했다
약속 시간과 속도계 속으로 풍경이 쏠려 들어갔다
가끔 그 길 위로 지팡이들이 둥글게 모였지만 이야기는 치매처럼 자주 끊겼다

길이 끊기자 등장인물과 사건이 사라졌고 마을도 이야기꾼도 숲속으로 퇴장했다

헛됨이 오만년이라면

헛됨이 오만년이라면 오만년의 동굴 속에는 얼마나 많은 암염(巖鹽)이 광물처럼 박혀 있는가

바위에 부리를 찍고 간 바람의 행렬이 있었겠는가, 긴 조문(弔文)이 피투성이로 따라서 갔겠는가

오만년의 기다림 속에는 또 얼마나 난폭한 광야가 속수무책 펼쳐져 있었겠는가

슬픔과 원망의 바다 너머, 지나도 지나도 지치지 않는 한낮의 사막이 이어졌겠는가

삼십년, 오십년짜리 기다림은 명함도 못 내민다는 쓸쓸한 웃음의 격려도 들어 있지 않았겠는가

기다림의 오만년, 그 속에는 노(勞)는 무(無)를 쌓는 일, 노는 무를 견뎌야만 완성된다는 오래된 지혜의 이삭들이 숙이고 있지 않는가

수십 생애를 무일푼으로 건너 오만년 만에 너를 처음 만났듯 이 우주 속에는 아무것도 헛되지 않음을

　　그러니 보이는 것만 보지 말라는 긴 망원경을 주시지 않았는가

　　먼 우주의 시간 속에는 이 세상 헛되고 헛된 일 없다는 것을 아침마다 돌아오는 햇볕이 부연하고 있지 않는가

　　이 작은 발걸음이 누군가 벗어놓고 간 큰 신발이었음을

　　이 작은 신발조차 누군가 금방 신고 갈 큰 발걸음임을

　　노이무공(勞而無功),*

　　이 차돌 같은 네 음절 속에는

* 최제우 「용담가」.

15

상자에 던져진 눈

눈은 고공(高空)의 공포로 휘청거렸다

말문이 막힌 채
상경하는 기차에서 몸을 던지듯
무작정 공단 앞에 뛰어내렸다

생각할 틈도 없이
뒤에서 떠미는 물량에 치여
상자에 내던져진다

아, 그런데 이 벼랑은
어느 날엔가 와본 듯해
누군가와 살아본 듯해

몸이 더 잘 얼 수 있도록
상자의 맨 꼭대기까지 올라갔다

재고가 쌓이는 겨울까지는
어떻게든 살아남겠지

닫힌 공장을 나서는 언니도
겨울옷을 입고 봄 속에서 녹아가겠지

겨울이 흘린 흔적을 찾느라
꽃밭의 눈들은 발갛게 부어가겠지

분노 뒤에 오는 것

가자 지구

아빠가 늘어진 아이의 목과 발바닥을 세워서
흔들며 마을 사람들에게 울부짖는다

폭격이 지나간 얼굴은 검게 탔다
기저귀 위로 시멘트 가루가 수의처럼 뿌옇다

자신이 삼켜지기 전에 세상을 먼저 삼켜버리겠다는 눈
이스라엘과 그들의 신을 용서하지 않겠다는 분노
울분과 자책과 기도와 땀으로 범벅이 된 검은 곱슬머리

분노가 가시고 난 뒤
시멘트 파편이 된 요람을 나서는 그가 보인다

한 접시로는 다 담을 수 없는 슬픔이어서
다른 접시에는 더이상 없는 미래를 담아
그는 버렸던 신을 또 찾아간다

자신도 죽여달라고
가자보다 더한 지옥에서 벗어나게 해달라고

더이상 커지지 않는 작은 눈을 뜨고서
밤마다 부서진 신에게 매달린다

밀양 과수원 길

마지막일지도 모를 그녀의
얼굴을 보러 간 날
그녀는 끝내 자신의 상태를 말하지 않았다
병색을 화장으로 곱게 가려놓고 있었다
머리에는 빵모자를 쓰고 있었다
나는 아무것도 모르는 사람, 몇시간째 그 옛날만 돌고 돌
았다
그녀가 한 삼십분만 더 있다 가라며 잡았지만
지금부터 삼십분이면
숨이 가쁜 몸이 어쩔 수 없이 남은 시간을 고백할까봐
뿌리치고 왔다
그 집이 안 보이는 하얀 자두꽃 밑에서
같이 간 시인과 담배 한대 피운다
조금 늦게 앓는 그녀가 오래 운다
한 사람은 치료 중이고 한 사람은 가는 중이다
윗단을 들어 올리면 밑단이 하얗던 내 마음의 머리카락을
생각하면
'가는 중' '치료 중' '사는 중'의 구분이 무슨 소용 있을까
산속을 가로지르며 사방팔방

지는 꽃은 없고 피는 꽃만 보였다
밀양 얼음골의 화려한 봄날이 오고 있었다

마호가니 연립주택

인도네시아까지 끌려온 위안부 할머니들이 있던 수용소
를 보고
네덜란드 식민주의자들이 지었다는 암바라와의 낡은 성
을 나오는데

우울의 그늘을 파랗게 지우고
지켜보는 목격자

수만개의 푸른 눈이 성벽을 넘어 그 시절을 훌쩍훌쩍 뛰
어넘어 다 안다는 듯 너는 누구냐 묻지도 않고 서 있다 벽 밑
으로 뿌리를 감아올린 채 마음만 먹으면 성을 뒤엎어놓을
듯, 그러나 그렇게는 하지 않겠다는 듯 선선한 야자수 옆에
사람처럼 서 있다

우리의 겨우살이 같은 것들이 높은 꼭대기까지 다닥다닥
붙어서 긴 수염을 날리고, 열대 난(蘭)이나 코끼리 귀만 한
잎사귀들이 셋방살이하듯 여기저기에 뿌리를 내려도 마음
씨 좋은 집주인은 그러려니 한다

마호가니는 여러 종류의 꽃이 한 그루에 피어서 마호가니의 진짜 꽃이 궁금했지만 주인을 닮아 그러려니 한다 굳이 구분하지 않는 게 마호가니 마을의 풍습이다

어항

구두는 몇달째 혼자 밥을 먹었다
집에서 사무실까지 긴 도로를 따라 걸었다
주일에는 동영상으로 예배를 본 뒤 종일 누워 지냈다

손은 꽃이나 나무를 만져본 기억을 잃었다
입은 늘 여러 국적의 무언가를 씹거나 마셨다
전자레인지에 데우는 데는 십분이 채 안 걸렸다

그는 신선한 공기를 좀 사고 싶었다 '신선'까지는 아니더
라도 살아서 꿈틀거리는 것들이 필요했다

드디어 어항이 배달되고 모래가 운반되었다 수초와 여과
기 사이로 붉은 활력들이 빠르게 꼬리를 흔들었다 비로소
가족애가 생긴 것 같았고 식탁은 물로 씻은 조약돌처럼 윤
기가 흘렀다

그로부터 금붕어가 그를 대신해서 집을 지키게 되었다

금붕어는 일주일 동안 물다운 물을 먹지 못했다

주방이 침실이고 침실이 화장실인 집을 왕복하는 데는 일
분이 채 걸리지 않았다
　똑같은 풍경을 이해하는 데는 하루면 족했고 그다음부터
는 온종일 누워 지냈다
　한달이 지나자 아가미에서 수염이 자랐고 비늘이 떨어진
곳에 뼈가 드러났다

　토요일마다 그는 병원을 순례했다
　어디에서도 물고기 병원을 찾을 수 없었다

광장의 뱃노래

이수현이 뱃노래를 부르는 동안 광장은 물 빠진 바다 같았다

마스크를 쓴 젊은 사공들이 빗자루처럼 비스듬히 기대어 있었다 빨대로 노를 젓자 커피 속으로 조명이 노른자처럼 부서졌다 봄옷을 껴입은 여자는 보자기로 꽁꽁 싸맨 듯 자꾸 작아졌고 그 일대는 겨울이었다

뱃노래는 파도를 밀며 멀리 나아갔다 더 멀리 나아갔다가 돌아와서는 광장 곳곳에 해풍을 끼얹었다 '딴 공기를 마시면 좀 나아지려나' 입들이 마스크 밖으로 나왔다

'노래만으로는 배가 갈 수 없지만 배가 갔으면 좋겠어, 배라도 갔으면 좋겠네' 숨겨놓은 주문(呪文)들이 뱃전으로 쏟아졌다 '개나 고양이처럼 겨울을 날 수 있는 털이 우리에겐 왜 없을까. 음식은 넘치지만 모두 가격표가 있어. 다음 방은 라꾸라꾸 침대만큼 작아질 거야…'

이상한 열기가 몸을 덮혔다 푸른색 노래의 파도였다 파도

의 어머니들의 성가대 같았다 정말 광장을 옮길 듯 역풍이
광장을 밀기 시작했고 어떤 겨드랑이에서는 날개가 움찔거
렸다

'정 안 된다면 노래만이라도 떠나는 걸 보고 싶어'

무대는 끝났고,
광장은 바다를 잃어버린 모래사장처럼 예전으로 돌아갔
다 그물을 놓친 어부들은 두 팔을 들고 가로등처럼 서 있었
다 한번 들은 노래는 쉬이 잊히지 않아서 집으로 가는 대신
노래를 따라 도심의 심해 속으로 사라졌다

"난 손발이 모두 묶여도
자유하는 법을 알아"*

아무도 이곳을 신고 가진 않겠지만
노래도 쉽게 멈춰지지 않았다

* AKMU「뱃노래」.

나의 게토는

노조도 이젠 늙은 농협 조합원 같군
애들은 평생 알바로 늙고
사는 게 찬 도시락 싸 들고 공공근로 나온 것 같을 때

내 방위는 그쪽
당신이라는 게토

두 손길과 뜨거운 입김과 말 없는 말로 꽉 찬,
바쁘고 가쁘고 쉽게 쿵쾅거리는 여긴
구름이 다도해처럼 몰려오는 등대 안인가

이 좁은 민박집 쪽창에서도
지는 노을은 반대쪽 대륙의 아침으로 다시 돌아 나오고
사랑은 사랑의 평수를 키우며 밤새도록 바다를 넓히고
곪은 심장에서 화살을 빼내는 그대의 붉은 입김이 있다

 사랑은 때때로 담장에 널어놓은 옷가지를 쓸고 가는 해풍
같지만

강물이 바다를 넓히듯
사랑이 사람을 넓히듯
접힌 생을 또 한번 펴서
수평선 끝으로 날려 보낸다

두 손
튀르키예, 강진

작은 손이 큰 손을 잡고 있다

콘크리트 더미에서 나온 작은 손이 거칠거칠한 큰 손을
잡고 있다

이미 죽어버린 손이 그 손을 놓으면 아빠도 따라 죽어버
릴까봐 못 놓고 있다

손을 놓는 순간 죽은 딸이 진짜 죽어버릴까봐 한순간도
딴 곳을 못 본다

그는 산 채로 죽어가는 사람

그는 죽은 채로 살아갈 사람

눈은 텅 비어서 아무것도 무너지지 않았다

식어가는 큰 손이 식어버린 작은 손을 더는 식지 않게 덮
고 있다

식어버린 작은 손이 식어가는 큰 손을 더는 식지 않게 꼭 덮고 있다

두 손은 떼어낼 수 없어서 무너진 시간 속에 멈춰 있다

아우슈비츠
가자 지구

장벽 속에 몰아넣고 총알을 퍼붓는다

길이 사십, 폭 팔 킬로미터의 땅에 가두고

로켓과 미사일과 포탄을 밤낮으로 쏟아붓는다

하마스일지도 모른다는 이유로

하마스 옆에 있었다는 이유로

차라리 유대인이 아니라는 이유로

아우슈비츠의 자식들이 팔레스타인 땅에 무차별 폭격을
가한다

팔레스타인 땅에서 팔레스타인 사람들을 살해한다

일곱살, 다섯살, 세살, 두살, 한살…

아이들 다음에는 노인과 여자 들이 피투성이로 누워 있다

하마스는 어디에 있는가!

아들만 유일하게 살아서 서서히 죽는 방식으로 또 죽인다

아우슈비츠보다 더 당당하게 더 공개적으로

아우슈비츠가 아우슈비츠를 만든다

지중해와 분리벽 사이 이백만 주민들에게 남쪽으로 사라
지라고 한다

남쪽도 막히고 병원도 학교도 유치원도 모스크도 무너져
내린다

전기도 연료도 식수도 빵도 끊어버린 암흑천지
시체 위에 시체가 쌓이는 거대한 콘크리트 피라미드
멀리서 날아오는 미사일이 부서진 밤을 비춘다
오직 죽이고 부수기 위해 빛들은 가자로 날아온다

이동하는, 끝없는

가망 없는 생을 보고 가는 길
매장과 수목장이 다투는 소리를 들으며
마지막까지 따라오는 이 몸은 어디에 숨기나

인간의 숨소리는 생각하는 행위가 아니었을까
동작보다 생각이 먼저 멈출 때
제 똥을 제 손으로 수습할 수 없을 때
들개는 길을 세우고 그 자리에서 자기를 분해해버린다

한때 탄탄한 네 다리를 밑천으로
들판과 산비탈을 오르내렸지만
살고 있다는 생각도 살았다는 기억도 희미할 때
그는 자꾸 오작동하는 몸을 숲에 내던졌을 것이다

다음 해엔 그 자리에서 못 보던 발들이 태어났고
어린 들개의 등을 타고 씨앗들은 더 멀리 이동했을 것이다

부활하는 접시

사순절이 지나고 부활절이 왔다

일년 내내 문은 열렸으나 들어가보지 못한 유년부

축축한 벚나무 숲을 돌아서 집사님들이 마지막 달걀 바구니를 전해주고 갔지만

마스크로 입을 가려서 눈빛만으로는 우는지 웃는지 분간이 되지 않았다

그러나 부활절이었고 저녁 식사 시간이었고

한 손으로는 국수를 삶고 다른 손으로는 달걀을 세다가 엄마가 주저앉았다

얘들아! 이번 부활은 한 사람분이 모자라서 누구도 먹을 수가 없구나…

따뜻하게 부활 중인 접시를 구석으로 밀어놓으며 엄마는 끝이 검은 형광등처럼 자꾸 컴컴해졌다

제 2 부

수박밭

뒹구는 머리통

터져서 흐르는 골수들

코는 입을 뭉개고

입은 입술 없는 사랑을 껴안으며

골짜기는 핏물 흘린다

레퀴엠, 레퀴엠, 미완성 레퀴엠

썩지 않는 시간 속에서

같은 곡을 온종일 틀어놓고

자기 귀를 막는 빗소리

매장

땅을 깊게 파고
돼지를 묻었다

닭과 오리를 파묻기도 했다
소떼를 묻은 적도 많았다

밍크를 묻을 땐 땅을 너무 얕게 파서
덜 마른 생피가 내장을 뚫고 올라와
주변은 피밭이 되기도 했다

이제 인간들이 묻히기 시작했다
관 짜는 시간보다 죽는 속도가 더 빨라서
약도 없는 돌림병이라서
돼지처럼 오리처럼 그냥 묻었다

돼지처럼 오리처럼 떼로 묻진 못하고
한 사람씩 한 사람씩 빨리 묻어주었다

약줄

약통을 실은 황달씨의 경운기가 경운기를 쏟을 듯 비탈을 오른다

약 힘으로 사는 사람들은 약을 믿지 않지만 약밖에는 또 믿을 것이 없어서 약통을 멘다

황달씨는 자신의 뜬 얼굴과도 싸우지만 과수화상병이나 잎마름병과도 수십년간 투병해왔다 관절염이 도질 때도 고추밭에서 약줄을 놓지 못한다

안개는 아니지만 안개의 약발이 마을로 번질 때, 약기운에 취한 고추밭은 대낮부터 머리를 떨구고 마을은 안정을 되찾는다 통증은 반복되지만 그만큼 투약도 늘어서 역병을 짧게 짧게 피해 나갈 수 있었다

이 약으로 저 밭을 막고 그 돈으로 몸의 약을 사는 되풀이지만 이 순환 농법이 끊길 때 노동도 끝이 나는 게 두렵다 노동이 끝나도 삶이 끝나지 않는 게 더 두렵다

마을 전체가 환자처럼 취해 대자로 누운 밤, 황달씨는 뒷
목을 잡고 아침에 놓친 혈압약을 챙긴다 약을 먹고 잠들어
야 또 약을 치러 갈 수 있다

응시

방 안까지 난입한 꿀벌은 온몸이 단단히 부었다

벌은 이해의 숲에서 방향을 잃었다
오랜 양식이었던 꽃가루에 어떤 물질이 스며드는지
밀원(蜜源)의 농토는 왜 해마다 주는지
향기를 따러 남쪽으로 간 동료들은
왜 집으로 돌아오지 않는지

벌의 겹눈에서 용서라는 감각이 떨어져 나갔다
새끼들의 날개가 녹고 다리가 굳는 걸 보면서
밀랍의 요람에서 울음소리가 끊기는 걸 지켜보면서

신문지로 덮어놓은 밥상을 지나
안방까지 밀고 들어간 벌은 주춤한다
이불을 둘둘 만 노인이 묽은 숨을 흘리면서
막 관에 담길 듯 누워 있었기 때문이다

찌르다 만 울분을 다시 밀어 넣으며
벌은 좀더 신선한 원인이 귀가할 때까지

어둠의 발소리를 뚫어지게 노려보고 있다

적도 부근
길녀에게

바타비아 광장이 보이는 카페에서 너는 무엇을 보고 있었을까

광장의 끓던 볕도 일찍 돌아가고 탕약 같은 커피는 줄지 않고 벽에는 온통 죽은 자들의 웃는 모습이 영정처럼 걸려 있었다

너는 과거에 묶인 사람
저곳보다 이곳에 약했던 사람
늘 사람에 목말랐던 한 사람

인도양을 지나가는 일곱시간 동안 캐리어에는 담을 수 없는 것들만 가득 찼다 묵은 김치나 헌 슬리퍼, 여름옷 따위를 끌면서도 너는 울지 않는다(그건 길녀다운 게 아니었다)

동인도회사의 붉은 벽돌이 검은 벽으로 다시 구워지는 사이, 너의 밤 속에 앉아본다 먼 그리움일수록 빨리 돌아오던 해류와 아무리 그리워도 그리움까지만 허락하던 꼭 다문 입술과 때로는 빛나는 문장을 얻지 못해 말라가던 새벽의 잉크

삼척의 어린 아침이나 우리가 가끔 만났던 평사리, 서희
네 집 대청마루나 눈 오는 구룡포 어디쯤에서 우리는 이미
헤어진 게 아니었나?

  적도의 하늘에는 스스로 고독이 된 별이 떠 있고
  낮이 뜨거운 건 밤마다 더 뜨겁게 그리워하던 마음의 성
단(星團)이 몰려 있기 때문
  땀을 줄줄 흘리면서도 추웠을 네 몸의 한겨울을 생각한다

  그러나 바타비아 광장은 수학여행 온 아이들의 웃음으로
다시 채워지고 나는 짧게 고개를 숙이고 다음 도시로 떠난다

  나는 나에게서조차 떠나야 할 사람, 너를 빨간 기억의 배
낭 속에 조금만 담는다

새로운 신(神)

나는 짐승의 살을 삼킨 덩어리이거나 어느 강에서 담아 온 물통에 불과했다

전기와 석유를 도굴하는 법을 몰랐다면 인간은 지금보다 덜 행복했을까

문이 열리자 욕망의 토사가 쏟아지며 보이는 모든 것을 동산화했다 나머지는 부동산이 되었으며 강물과 산자락은 생산 라인으로 끌려 들어갔다

전선이 끊기자 옷을 빨지 못한 얼굴들이 다시 마스크를 꺼냈으며 아파트 변기통은 넘쳐서 아래층을 덮쳤고 밥솥은 불의 도움 없이는 쌀 한톨도 익히지 못했다

기름값이 또 치솟자 세상은 불이 켜진 집과 꺼진 집으로 양분되었다 농기구와 자동차가 멈췄으며 굶어 죽을 것인가 얼어 죽을 것인가가 주요 의제가 되었다 쌀과 기름과 암호 화폐 중 무엇이 새로운 신이 될 것인지 여론이 분분했다

인간은 논밭의 푸른 살을 삼킨 덩어리이거나 태양의 충직한 신도에 불과했지만 관성은 관습보다 강해서 유전 지대에서는 인간들이 여전히 바닥을 파고 있었다

만이천오백칠십팔일

만이천오백칠십팔일을 문밖에 있다

만이천오백칠십팔일을 문밖에 방치한다

만이천오백칠십팔일을 문장으로 담는 건 불가능하다

거의 불가능한 만이천오백칠십팔일을 문밖에 있게 한다,
그 안에 없게 한다

스물여섯 처녀가 영도조선소 정문에 있다, 용접 불꽃을
들고

영도조선소 정문에서
흔들리면서도 흔들리지 않는 마음이 하루 한장, 흔들리지
않는 마음이 다시 흔들리는 마음으로 하루 열장, 스무장, 하
루하루 만이천오백칠십팔일

영도조선소 후문에서
스물여섯과 마흔과 쉰과 쉰다섯을 넘어서 만이천오백칠

십팔일, 그사이 한명 죽고/두명 죽고/세명 죽고/네명 죽고/
다시 보려는데 눈이 눈알을 덮어버린다

　정문과 후문 사이
　죽음과 안 죽음 사이, 죽음과 안 죽어짐 사이, 죽음을 죽은
채로도 보고 산 채로도 보는 사이 만이천오백칠십팔일, 추
방과 방치 사이, 노동과 반노동 사이, 구조조정과 노동 해체
사이, 정권 교체와 촛불 사이, 정부는 없고 자본만 남는 사
이, 자본 밑으로 노조가 기어간 사이 만이천오백칠십팔일,
인간 불가능과 인간 가능 사이 만이천오백칠십팔일, 위장을
들어내고 위 속에, 밥그릇 속에 네명의 죽음을 꿰매버린 오,
전무후무한 세계노동사여, 자본의 강철 같은 맨얼굴이여,
인간 자본이여, 자본 인간이 밀어낸 인간 추방사여

　영도조선소가 보이는 병실에서
　만 육십세, 정년 십일 남겨놓고 그녀는 아직도 영도조선
소 문밖

그늘을 깨밭에 가두고

들에서도 마스크 없이는 안 되겠다는 듯
다짐처럼 당겨 쓴 부부가 깨를 턴다

태어난 곳에서 주저앉은 몸이란
솥단지 밑의 그슬린 얼굴과 가둔 숨을 뱉을 때마다 움찔하던,
뼈를 더 크게 문 손등의 굵은 힘줄 같은 것

어느 자식이 보낸 줄도 모르는 새 운동화가 그사이 흙탕물이다

가을을 건너뛴 추위에 덜 마른 깻단을 털지만
더이상 보탤 것 없는 몸들이 누런 차선 앞에 드러누웠다

인생 노을은 저렇게 서로 맞고 때리면서 저물어가는 것,
터진 몸통에서 번진 들깨 향은 뒷산으로 넘어가 붉게 무르익는다

길게 누워 있는 자신에게 놀라 몇걸음 주춤하지만

시월의 쌀쌀한 산그늘은 깨밭을 격리시설처럼 속보로 어둠 속에 밀어 넣는다

너의 시대
민하에게

너는 이제 걸을 수 있는데 집 밖으로 못 나온다
나온다 해도 놀이터의 모래나 그네를 만질 수 없다
네가 보는 모든 사람은 입에도 흰옷을 입어 웃음을 모른다
네가 아무리 예뻐도 쓰다듬거나 안아줄 수 없다

모자와 마스크를 눌러쓰고 놀이터를 어슬렁거리는 너는
작은 눈을 내놓고 무심한 차들에게 손 흔드는 너는
내겐 첫 종손(從孫)이지만 사진으로밖에 못 본 너를
이게 너무도 당연한 일상이 된 너의 미래를

행복연립

해는 요즘도 아침에 뜨겠죠? 여기서는 낮과 밤을 알 수 없어요 스위치를 누르면 낮, 한번 더 누르면 밤이 오죠 로또의 여섯 숫자와 내 운명을 바꾸는 마술이 실패한 뒤로 나는 한여름에도 고개를 들지 못하는 선풍기가 되었죠

행복은 비바람 속에서 우릴 너무 오래 기다렸나봐요 'ㅣ'가 날아가던 날 밤 열다섯살 남동생도 함께 날았죠 욕실과 식탁이 마주 보는 건 침실과 주방 사이만큼 다정한 거리 아닌가요!

어두운 종점을 걸어 행복, 행복, 하고 자꾸 부르면 오래 씹은 쌀처럼 목구멍 가득 단맛이 내려가는 이 기쁨을 당신은 아세요? 천장 위로 낯선 발들이 지나가고 쓰레기차가 지나가고 냥이가 안부를 묻지만 아침만은 지나갈 수 없는 곳

소원을 말하라고요? 그야 당연히 해 뜨는 아침을 맞는 거죠 이불 위로 환하고 따뜻한 빛이 내려와 얼굴을 만지고 가는, 그런 집을 당신은 잊은 적 있나요?

주술사

그는 구름을 읽는 자, 양떼를 모는 풍백과 운사의 거동을 살펴 고하는 자, 모였다 흩어지는 형상만으로도 땅의 운기를 짐작할 수 있지 구름은 가장 오래된 고전, 변화무쌍한 신간에 가까웠지

땅의 탁본은 구름
옛사람은 하늘의 물살이 넘치면 멀리서도 서둘러 논물을 터놓곤 했다네 긴 농사의 길흉화복과 나라의 우울을 점쳤네 무서운 기세로 몰려드는 검은 문양을 보며 땅이 석달 열흘은 식은땀만 흘릴 거라며 사발통문을 돌렸지

이제 그는 도무지 읽어낼 수 없는 자, 구름은 용수로에 담긴 거품 덩어리에 불과했고 성분을 알 수 없는 기름 냄새에 취해 밤새 신음했다 먼 곳에서부터 무서운 일이 벌어지고 있다는 시름만 깊을 뿐 운판도 부적도 요령부득이었다

그로부터 그는 구름 보기를 그만두었다 구름도 딴 구름인 양 그 옛날로부터 사라졌다

고산식물 인간

백두대간수목원에서 동북아시아 전시관의 고산식물 팸플릿을 보다가

사계절 비바람의 영향으로 대체로 키가 작고 깡말랐으며 주로 땅바닥을 기는 삼급수 공장지대에 넓게 분포한다 뿌리가 짧게 발달한 대신 허리와 어깨뼈 주위가 크게 어긋나 있으며 솜털이 많은 고산식물에 비해 잔가지 마디마디 골절과 탈골을 반복한다 입은 더우나 추우나 꾹 다물었고 겨울철에는 보일러 없는 냉골에서도 잘 견디는 신체적 특징을 지닌다,라고 다시 읽는다

가까워질수록 까마득한

뭄바이의 해는 이미 역병으로 기울어지는 중이므로 일당
노동자에게는 열려 있는 문이라고는 없어서

굶주림 때문에 떠나온 수천리 고향을 향해 다시 걷는다

고향을 생각하며 가는 동안 죽음 따위는 잊을 수 있지 멀
면 멀수록 좋은 고향의 옥수수밭이어서 가기만 가고 영원히
닿지 않는 그런 고향이라면 더 좋아서

싹이 난 감자 포대와 마른 칠리와 새로 낳은 기쁨이자 근
심을 업고 오십도의 펄펄 끓는 앞발이 뒤처지는 어린 발들
을 고향의 붉은 흙 쪽으로 자꾸 당겨놓는다

가까워질수록 까마득한 흙먼지 속의 옛집

미래 농업
물을 잃은 강

푸른 담배밭 사이로
잎담배에 불이라도 붙이듯
몇달째 화염이 끓는다

농부 아들은 넥타이를 맨 채 전전, 끙끙
새벽부터 지하수 헛바퀴를 신경질적으로 돌린다

바싹 마른 소루쟁이는
매가리 없이 뽑히고
농지 대장에도 없는 풋것들부터 쓰러진다

풍년농약 흰 모자가
근본 없는 허수아비처럼 경중경중 물바가지 춤을 추는
사이
소방 헬기가 강바닥을 긁으며 불 속으로 사라진다

지나가버린 사람

당신이 오지 않아
난간에 다리를 반쯤 걸쳐놓았네

당신이 오지 않아 뛰어내리지 못하네
당신이 올 것 같아 뛰어내리지 못하네

나는 강물에 다리를 반쯤 걸쳐놓은 사람

당신이 오지 않아 뛰어내리지 못하네
어허 어허
당신이 올 것 같아 뛰어내리지 못하네
어허 어허

그렇게 달이 가고 해가 가고
나는 굳은 몸 편히 펴지 못하는 사람
편 몸 굽히지도 못하는 사람
어허 어어허
어허 어어허

나는 사랑도 사람도 모르는 사람
모르고 지나가버린 사람

제 3 부

자꾸 자라나는 이야기

이젠 눈도 기억력도 침침하여

사람을 사랑으로 읽기도 하고 물때를 물떼새로 늘여서 바다를 불러내는 신공을 부리기도 하는데, 장편이 왜 장편인지 새삼 실감이라도 하듯 누가 주인공인지 잊고, 주인공의 다섯 자식 중 한명쯤은 남의 자식을 만들어놓기도 하지 어라, 이 여자 이름이 명숙이었어? 뒤늦게 미안해져서 그 옛날의 명숙이를 한번 더 불러도 보게 되지

살고 싶었던 삶과 살아왔던 일은 전혀 다른 이야기였지 그러나 이야기 길은 사방으로 열려 있어서 남의 일은 까맣게 잊고 자기 이야기를 자꾸 섞어놓기도 하지 이야기꾼과는 상관없이 이야기는 이야기를 따라 쑥쑥 자라나지 이야기 숲에서는 진짜 세상도 이야기 속일 뿐, 이야기라 생각하면 못 견딜 일도 없었지 접어놓은 페이지 어디쯤에서 잠이 들어도 좋을 터, 흔들어도 일어나지 않는 이야기는 또 누군가가 새로이 엮어가리니

담배꽃

담배꽃은 분홍 꽃
모양만 고우면 칠첩반상 따라오나
꽃을 따줘야 잎이 커지지
공판장 저울대를 덜컹 들었다 놔야
병원에 돈을 보태다 주지

꽃 보는 팔자
잎 보는 팔자
뿌리 보는 팔자 각각이라

담배꽃은 매니큐어를 칠해놓은 꽃
이 흙칠뱅이 손에도 바르면
죽은 영감 살아 올라나
제초제 부은 영감 가뭄 해갈될라나
돌아서서 몰래 칠해보고 싶은 꽃
담배꽃 보면 속만 시끄럽네

순수한 인간

잠에서 깨기도 전인데

아파트의 네 벽면이 갑자기 갈라졌다 사람들은 허공에서
우왕좌왕했다 돌아보니 벽면의 일부는 자갈이나 모래로 돌
아가고 없었다 나머지 대부분은 시멘트 공장 옆 산속으로
사라졌다

곧이어 각 층의 문과 식탁이 삐걱거렸고 벽지는 벽을 뚫
고 숲으로 돌아갔다 아무 일 없었다는 듯 무성한 원시림 그
대로였다

아침마다 들여다보던 거울은 모래밭에서 강물과 더불어
다시 반짝거렸고 이십층 삼십층씩 떠받들던 철근은 단단한
쇠뭉치가 되어 땅으로 귀향했다

놀란 사람들이 어둠을 밟고 내려오자, 몸에 감고 있던 올
들이 풀리면서 양모는 양들에게, 면직류는 목화밭으로 돌아
갔고 귀고리와 팔찌는 광석이나 옥돌로 변했다

마지막으로 단단히 박음질된 구두와 핸드백이 활짝 펴지
면서 송아지나 바다코끼리, 악어의 몸에 다시 입혀졌다

순수한 인간만이 화학제품 옆에 쌓여 있었다

아주 긴 나팔꽃처럼

꿈자리가 사납다며 아버지가 안동 고모를 보러 가자 한다

아흔의 아버지는 오른쪽이, 아흔다섯의 고모는 왼쪽 귀가
멀지만, 먼 귀는 옛날이야기를 못 이긴다

도합 백팔십오년 된 두 귀신이 어매 아배와 조부 증조부
를 거쳐 농협 창고가 된 논과 밭에서, 2차선이 먹어치운 누
각과 마루 밑에서 쉴 새 없이 동네 귀신들을 불러내는 사이
도통 말이 통하지 않으면서 즉각 즉각 통한다

"아이고, 우째 밥을 끼리 먹노? 찬은 있나? 천지간에 이젠
우리 둘뿐이다"

입 모양만으로도 그동안의 형편들이 속속 일러바쳐지는지

"니 돈은 있나?"

누웠던 담요 밑에서 주섬주섬 오만원권 넉장이 따라와서
힘줄이 파랗게 마른 어린 동생 손에 쥐어진다

"그래그래, 언능 가거라…"

　침대에 누운 근심 걱정이 아주 긴 나팔꽃처럼 골목을 따라나선다

코로나 검사소

보이지 않는 세계란 얼마나 위험한가
보이는 것만 보는 믿음의 형제들
휴가철 땡볕 아래 두줄이다

보이지 않는 것이 보이는 것을 통제했다 움직이는 모든
것을 멈춰 세웠다

인간은 바이러스를 피해 다녔고 제약 업계는 바이러스를
따라다녔지만 살아남기 위해 그들은 순간순간 새로워졌다
인간의 몸은 그들의 곡물창고였다

그러나 보이지 않는 세계는 더 광활해서 산 귀신과 죽지
도 살지도 않은 혼들과 수백년째 화살을 꽂고도 다시 허공
으로 싹을 올리는 느티와 그 아래로 뻗어나간 수많은 불길
과 물의 잔뿌리와…

그러나 보이지 않는 것을 보는 것은 시간의 단층과 그곳
에서 살다 간 수많은 마음의 발자국과 그 위로 흘렀을 구름
의 자손까지를 한 족보로 엮어서 보는 일

밤바람에 쓸려 가는 숲의 비명을 묵시(默示)처럼 듣는 일

인간의 눈을 포기할 때
세계는 얼마나 광활한가
위험보다는 위대함에 가까운가

연(蓮) 봉오리
만달레이, 미얀마

친구들이 죽어나갔다
아들도 싸우러 가겠다고 말했다
엄마는 말리지 못했다
말릴 수 없었다
아들이 식탁에 앉아 팔뚝에
혈액형과 폰 번호와 군부독재 타도를 쓰는 사이
엄마는 조용히 마지막 국수를 삶아서 아들에게 내놓는다
총알 앞에 아들을 내놓는다
불심(佛心)이 그것이라고 믿었다
아들은 물과 마스크가 든 배낭을 챙겨
친구들의 핏자국이 모여 있는 도로 위의 전선으로 떠났고
엄마는 아들의 등이 보이지 않을 때까지 두 손을 모으고
있다
어린 부처가 사라졌는데도 두 손의 봉오리가 꺼지지 않도
록 끝까지 받치고 있었다

숲의 전구

나무는 보통 몇천년씩 살지 않나

혼자 사는 게 아니라

죽은 자리에서

이어져

다시 한그루 숲으로

이어져

이어서

바다의 처음과 끝을 산맥으로 감싸지 않나

지구의 전구를 초록 영혼처럼 깜박깜박 밝히지 않나

지브롤터해협

갈매기는 바다로 가지 않는다
맥도날드 야외 데크에 올라 감자칩을 쫄 뿐
지중해나 대서양 쪽으로 날아오르지 않는다
웃통을 벗은 아이들은 야자수 밑에서 담배를 말고
성가신 갈매기들을 허공으로 찬다
아이가 아이를 낳아놓았다고
학교도 가지 않는다고
누군가 그들의 부모를 탓한다
관광객만 보면 몰려와서
곤니찌와나 니하오로 인사를 한다
아이를 건너뛴 아이들이
인삿값을 하라며 손을 내민다
돈 대신 담배라도 달라고 한다
아프리카에서 유럽으로 가기 위해서는 지브롤터를 건너
야 하지만
    어른에서 다시 아이가 되기 위해서는 무슨 해협을 헤엄쳐
야 하나
    다시 어른이 되어 모로코 국경을 넘는다 한들
    저 검은 갈매기들은 어디에다 식판을 내미나

두 대륙을 시퍼렇게 칼질하며 페리는 관광객만 태우고 떠
난다

소멸의 집

손을 대면 문고리가 떨어지는 집

걸을 때마다 바닥이 기우뚱하는 집

거미와 텃새와 네발로 사는 것들의 옛집

자기 땅이 없는 초록들이 잠깐씩 살다 가는 집

불목하니 잡목들이 푸른 벽지를 울울창창 발라놓은 집

토막은 썩어 애벌레의 밥이자 방인 완벽한 소멸의 집

인간이 전기톱을 끌 때

다시 환해지는 집

그 속으로 멈췄던 숲의 계곡이 흘러들어

막 씻어낸 시간이 하얗게 태어나는 집

등꽃
요양원에서 장례식장 가는 통로를 김만덕 여사의 관이 막 통과할 때

꽃,이라기보단
흔들리는 치마들이고
쏟아져 내린 통치마들이었고
'한국 근대여성 수난사 설치미술전' 같은,
속병을 한바퀴 밖으로 박음질한 듯
푸르뎅뎅한 멍에 가까운

피었다,기보단
어린 입들
주렁주렁 매달고

허공에 목을 단,

쏟아진
쏟아져 내린
꽃들이 피면서
운다

눈과 눈들

수십번 내려다보던 아래지만 또 망설이며 날개를 접었다 폈다 한다

마침내 뻘밭의 활주로를 가르며 올라오는 거대한 몸통이

눈앞에 떠오르자

두 물체는 피할 수 없는 정면임을 직감했다

기체는 안정적이었지만 몸은 심하게 떨렸다

떨림을 뿌리치기라도 하듯 누렇게 늙은 부리는 체온의 속도계를 높여

엔진 속으로 돌진했다

흰 깃으로 굉음의 심장을 통째로 감쌌다

갯벌에서 물질하던 저어새들이

떨어지는 흰 빛을 따라가며

수많은 눈으로 찍고 있었다

꽃의 시작

면 소재지 농협 창구에도 봄꽃들 활짝!

담보대출로 잡아놓은 듯
흙 대신 화분만 보였다 뿌리 대신 꽃만 보였다

꽃은 어디서부터 꽃일까?
뿌리와 열매와 꽃으로 나눈 이는 틀림없이 분리주의자였
을 것이다 그에게 뿌리는 꽃이 아니었을 것이다

그러나 추위 속에서
보는 눈의 안타까움과 뿌리의 안간힘이 서로 왕복할 때,
휘어진 가지가 눈의 무게를 못 견디고 있을 때, 훨씬 더 이전
흙이 뿌리를 조였다 풀었다 하는 마찰력에서부터 꽃의 원단
이 통째로 시작되는 것 아닌가

영업 창구마다 입출금이 한창!
뿌리 대신 꽃만 보였다 깨진 화분들이 쓰다 버린 붉은 목
장갑처럼 쓰레기통에 버려져 있었다

사과 꼭지는 멈춘다

사과 꼭지가 한 손은 가지를, 다른 손은 땅의 무게를 팽팽히 견디고 있다

이쪽과 저쪽을 연결하는 일은 난제 중의 난제

윤이 나는 구리선 같은

협곡에 걸친 외나무다리 같은

양측의 전도율이 불꽃을 튀길 때마다 계곡의 바람은 두 팔을 찢어놓는다

절벽과 절벽의 마음을 잇기 위해 사과 꼭지는 나머지 성장을 멈춘다

금강소나무*
소광리

경(經)을 직립 목판으로 세워놓은 이곳은 들고 나는 곳 구별이 없어 사방이 문이기도, 벽이기도 하다

꼭대기에서부터 직선의 결 따라 일방(一方)으로 내려친, 일(一) 자 붉은 획이 다 닿기도 전에 바닥은 바닥판본 전부를 싹 뒤엎고 새로 쓴다 순간순간 더 파릇파릇한 복각본이다 금강이 금강을 치는 연쇄 타법이 공(空)을 밀어 동해 민박까지 푸른색으로 죽 그어놓는다

덜 마른 생피 근처로 갈수록 금강 바늘들 십방(十方)으로 날카롭게 헐떡거리고, 꽉 문 윗니와 아랫니를 통째로 비틀면서 각(刻)한, 거북 등에서 터져 나온 날비린내 높이 떠 헐떡거린다

귀 따라온 금강경 몇 구절 늦더위에

쟁쟁

쟁쟁

* 울진 소광리 일대에 나는 소나무를 황장목, 적송, 금강송이라고
  도 부른다.

낙타

노을이 끓어 넘치는데도
섬은 무언가에 심하게 눌린 듯
주저앉은 낙타 자세였다

돌아왔지만
돌아오지 못한 것들이
벽지에 붙은 미역 줄기처럼 꿈틀거리는 밤

침대였다가 섬이었다가 새벽의
베란다에는 젖은 구름들이
창문 속으로 지나가고 있었다

어제 떨어진 작은 얼룩은
먼저 마른 손이 아내와 딸의 손을 잡고
엘리베이터를 탔지만

지난겨울 주차장의 얼룩은
눈을 감고 지나다녀도
누운 채로 있었다

바다를 짚고 일어서려 했지만
벌겋게 흘러내린 낙타의 하반신이었다

옥수수와 피라미드

식량이자 연료인, 연료이자 사료인 옥수수가 가뭄으로 가격이 폭등하자 바이오 자동차는 운행 횟수를 조절했다 마음만 먹으면 시내를 활보할 수 있었다

공장 축사의 소들은 평소와 다름없이 옥수수를 배급받았다 오히려 시장에 빨리 내다 팔기 위해 평소보다 더 많은 사료가 공급되었다

몇년째 기근에 시달린 아프리카 주민들은 낙타 오줌으로 타들어가는 목구멍을 잠시 식힌다 지고 온 소똥 바구니에서 성한 옥수수알을 골라냈지만 얼마 지나지 않아 소똥마저 거름이나 연료로 다시 팔려 나갔다

제 4 부

다시, 붉은

서해 일몰은 비금도 장산도 근해를 통통 뱃길로 건너

내 이마빡에 구운 동전처럼 딱, 붙는다

이 설한을 비파(枇杷) 푸른 보자기에 싸서 내어보내는 따뜻함은

해남우수영여객선터미널 입김들을 거쳐 내게도 왔다

나를 한바퀴 돈 피가 다시 꽃 피듯 몰려가는 서쪽

겨울의 거울을 앞에 놓고 동백은 혼자만 붉은 게 말이 되냐는 듯

주위의 빛을 서해 노을 쪽으로 자꾸 민다

색(色)을 빌려 몸으로 살다가 돌아가는 허공이라지만

밤바다를 긁고 메우면서 다시 올라서는 저 붉은 몸뚱어

리는

　마침내 마지막 톨게이트를 통과해 무지(無知)의 아침에라
도 닿으려는 듯

　순식간에 닫힌다

　닫아버린다

젖은 가을에 이른 추위가 오니

늦가을 단풍을 비스듬히 걸어놓고
거미의 배는 노란 쌀독처럼 자꾸 준다

사상의 관절은 굳어가는데
아침은 문밖에 온 우유처럼 새롭구나

좋았던 날들 돌려보기도 하지만
쌀쌀과 쓸쓸이 섞어서 오는 저녁

털어내도 다시 젖는
상강(霜降)의 옛 깃털이여

틀니

여기에 누가 놓고 간 걸까
얼음을 깨고 나온 봄을 물고 있는 분홍을

중간중간 상하고 깨져도
그 사이에서도 빛을 잃지 않은 당신을

어린 솔가지 뒤로 혼자 흘려보내던
당신 몸의 물소리까지도 아직은 덜 마른 앞골
당신을 닮아 평평해서 편안하던
볕의 정면

누가 흙에 틀니를 끼워놓았나
마지막까지도 떨어지지 않던 입안의 당신을
당신이 감자를 심듯 여기에 옮겨 심었나
나생이 옆에서 새순을 일으키는 따스운 봄의 홍조를

멈추다

그는 멈추지 않는 사람
멈춰본 적이 없는 사람
건설 경기 좋던 칠십년대
형이 사준 포클레인 한대로
한 지방의 돈을 다 쓸어 담은 사람
그는 멈춘다는 말을 모르는 사람
야간에는 야간 업소를
주간에는 예식장과 식육점을
점점 서울로 반경을 넓혀
미러볼처럼 돌고 돌던 사람
가족도 종업원도 돌리고 도는 사람
결코 멈출 생각이 없는 사람
나이도 멈출 줄을 몰라
벌써 팔십 중반
오직 신호등 앞에서만 잠시 멈춘 사람
다시 팔팔하게 신차처럼 구르는 사람
그는 멈추지 않는 사람
멈춘다는 말을 모르는 사람

산소통

좁고 복잡한 골목을 열두번쯤 꺾어야 산소 한통을 살 수
있다 코로나 환자에게는 하루 세통의 산소가 필요했으나 값
이 천오백 달러까지 치솟았다 우르타도는 집 반채를 이미
마셨고 그의 술친구 감보아는 두달 치 월급만큼만 살다 갔
다 미망인과 홀아비 들이 넘쳐났지만 밀림으로 돌아가기에
는 너무 도시적이었다 마을을 나서 강 하나만 건너면 아마
존의 산소가 빽빽하게 자라 흘러넘치고 있었다

구절, 초가 하루에도 몇번씩

허공이야말로 만만한 곳이 아니어서 초밀집 지형이어서

가장 약한 통로를 찾아 관절은 전진과 후퇴를 반복한다

그러므로 아홉 마디 척추의 뒤틀림이야말로

생활이 낳은 가장 슬픈 기형이지만,

어긋난 뼈들이 중심을 향해

한 몸의 지평선으로 일어서 올 때

바닥까지 더 크게 내려갔다 올라오는

더 크게 내려갔다 더 크게 올라오는 탄성들

올리브나무 그늘

모로코, 탕혜르 가는 길

소 두마리를 풀어놓고
소년은 올리브 그늘 밑에서 폰을 만진다

소는 예전처럼 풀을 뜯지만
소년의 눈에는 뜨거운 하늘과 바다를 가르는 푸른 화물
선과
소와 마주치던 눈길이 사라졌다

음악을 들으면서 소는 갈증을 느끼지만
잘 익은 올리브 열매는 액정에 담겨 있다

화면에 갇힌 소년은 구름 밖으로 나오지 않고
소는 바위틈으로 오후의 마른 혀를 자꾸 핥는다

듬성듬성 찢어진 올리브 그늘 사이로
소와 소년은 등을 돌린 채 골똘하다

어느 마을을 지나는데

맨드라미 씨 같은 날벌레들이 까맣게 몰려왔다

깔따구 같기도 아니기도 한 것이 팔랑개비처럼 머리 위를 돌면서 자꾸 눈 속으로 뛰어들었다 오직 흰자위를 떠먹기 위해 태어난 스푼처럼

수상한 것은

거머리 모양에 잠자리 날개를 단 곤충인데 이번에는 귓구멍만 노렸다 질 좋은 아미노산은 귓구멍뿐이라는 듯 달팽이관을 들락거리며 귀지와 연한 살을 갉아 먹었다

마을회관에서는

코뿔소처럼 생긴 투구벌레가 유리창과 방충망을 뜯고 있었다 유리창은 이상한 부적 문양으로 깎여나갔고 까마귀만 한 붉은 나방들이 논바닥을 닮은 장판에 까맣게 내려앉았다

눈과 귀를 막은 노인들이 직진하는 모기떼를 피해 선풍기 앞에서 서로 엉덩이를 밀어내고 있었다

한국문학의 야생

　춘양국민학교를 나오신 염 선생 일행이 춘양 백두대간수
목원에 오셨는데, 여덟분 중 여섯분이 경로우대로 무료입장
이고 두명이 입장권을 끊었는데, 그중 가장 젊은 박모 씨가
내년이면 만 육십세, 수목원의 고산식물 지대를 오르내리
는데 가장 뒤처지는 것도 만 오십구세, 이상한 봄날의 정상
은 춥고 빨리 내려가 따뜻한 커피라도 홀짝이고 싶은데, 산
바람에 날리는 배꽃이 또 경로우대를 잡아 세운다 두루두루
느리게 사진을 찍으신다 야생 호랑이는 꼭 보신다면서 호랑
이 굴 앞에서 연신 감탄사를 올리시는데, 만 오십구세와 만
육십사세는 그놈의 호랑이, 힐끗 보고는 덜덜덜 내려온다
바람 없는 실내 매표소에서 아무리 기다려도 오지 않는다
팔십년, 칠십년 된 한국문학의 미래가

빛나는 졸업식

아들이 이번에 졸업장을 받은겨? 핵교 댕기느라 생고생을 했겠어

아휴 머, 핵교가 멀어서 집사람이 뫼시고 다니느라 고생을 했쥬

긍게 집사람을 또 자네가 뫼시느라 고생을 했겄제

아이구, 이렇게 착 알아듣는 분은 우리 마을에선 첨이유 집사람도 고객님잉게 안전하게 뫼시야지요

흠흠, 시방 여기까정 와서 역장 티를 내는겨! 그라믄 이번에 아들과 아주 동문이 된겨?

워디유, 지 누나도 그 핵꼴 나왔는디유 핵교라고는 이제 읍내에는 그 핵교밖엔 없슈

은지 감쪽같이 읎어졌댜! 나넌 없어진 핵교 문지방도 못 넘어봤지만 그려도 핵교는 있어야 하는겨

근디유, 교가를 따라 브릉게 자꾸 눈물이 날랑 말랑 하데
유 눈 부릅뜨니라 구석에서 혼났시유

낙원

여기가 낙원인가요?
낙원상간데요

낙원상가군요?
낙원장렌데요

아, 낙원은 아직 재개발이 안 된 건가요?
올라가는 계단이 후덜덜해요

무너진 낙원을 복구하려면
종로구청과 서울시가 적극 나서야 해!

성대(聲帶)가 바싹 마른 둥근 목관을
다시 빵빵하게 채우고
낙원의 계단을 두드리며 내려오는 나이키들

이 낙원이 그 낙원이라는 듯
'금은보석 최저가 매입합니다'를 지나
해를 문 금니처럼 반짝, 지하계로 순간 이동한다

여기가 낙원인가요?
낙원떡집인데요

오호, 여기가 그 낙원이군요

아니, 증말 이 사람이 또 묻네
여긴 낙원동 재개발대책위원회라고!

입춘

혁명은 이제 책 속에나 있고, 혁명이 된 중국이나 러시아를 보면 결국은 그렇게 되어버린 것인데, 이젠 남들처럼 살아보면 안 될까 일하다 기계에 끼여 죽은 노동자가 한두명도 아니고 세월호 유족은 정권이 바뀌어도 여전히 청와대 앞에서 노숙 중인데, 이런저런 것 덜 보면서 정치색과 상관없이 사람들과 웃으며 차도 마시고 혈압 관리도 하면서 살면 어떨까 코스피가 삼천을 넘고 서울 아파트 전세가 몇억씩 간다는데, 이 채널 저 채널로 트로트도 따라 부르며 그리 살면 마음이 좀 평평하지 않을까 아픈 일은 끝이 없고, 옳다고 생각한 사람들이 굳이 옳은 것도 아니었는데, 죽은 사람들한테만 미안하게 됐는데, 견딜힘이 달리니 이런 구멍도 짜내보는 것인데

묵묵히 듣고 있던 반대쪽 심장이 전하길 '강파른 계곡물은 보기에는 시원하나 수평선 밑에까진 이르지 못한다네' 점잖게 타이르기도 하는 낯선 봄

전범(戰犯)

　병원 갔더니 구십 넘은 아버지가 안락사라도 시켜달라는
데 금세기에 자연사는 틀린 것 같습니다 지금으로서는 문병
가던 사람이 도중에 죽어도 하등 이상할 리 없게 되었습니
다 총소리 한번 없는 이런 전쟁은 처음입니다 이년 동안 오
백만명이 죽었지만 '더이상 건드리면 다 죽을 수도 있다'는
이 고요한 가르침은 섬뜩합니다 의료산업만 주사기로 돈을
쓸어 담는군요 글쎄, 상대의 흔적조차 없는데 종전 선언을
누구와 한단 말입니까 가해자이면서 피해자인 인간이 자기
죄를 묻는 재판은 역사상 처음입니다 부흥회라도 하듯 남아
공에서 새로운 바이러스가 또 일어났다고 하네요 그나저나
내일 병문안은 갈 수 있을까요 아버지가 살 만큼 살았다고
안락사라도 시켜달라는데

두 바퀴만으로

두 바퀴만으로 열두개의 달을 지나 첫 국경에 도착하겠
어요
역사(驛舍)를 한바퀴 돌아 우리 집 꽃밭에 없는 꽃부터 찾
겠어요
이르쿠츠크의 설산이 모아놓은 호수 밑까지 파란 하늘을
심겠어요
우랄을 지날 때면 발소리만으로도 초원의 심장은 떨린다
고들 하죠

멀리 버리고 온 남쪽의 섬나라를 다시 그리워하겠어요
나는 당신을 벗어나지 못해 당신을 잘 알지 못합니다
앞바퀴가 뒷바퀴를 읽는 마음의 초급반에도 입학하겠어요
수많은 방언이 하나의 노래가 되는 폴란드 혼성합창단은
어떨까요

두만강을 건너면 모스크바 바르샤바 쾰른대성당까지도
갈 수 있죠
신의주에서 난닝 하노이 호찌민을 지나 메콩강을 건너는
경로는 어떨까요

그런데 열두개의 달을 지나 마지막 국경에는 언제쯤 도착
하나요?

벽

벽이 종일 마른 꽃을 담는다

마른 꽃만큼은 더 잘 안다는 듯

버릴 게 없다는 듯

선명하게 품고 있다

어둠 속에서 큰개자리가 눈을 뜨자

놀란 해는 꽃의 기쁨을 거두어 간다

그림자가 빠져나간 벽은

벽이 빠져나간 자신의 석관(石棺) 같다

헛된 세상에서 오만년을 기다리며 살아가기

정지창

1

박승민의 지난번 시집 『끝은 끝으로 이어진』(창비 2020)을 나는 '생태 난민의 만가(輓歌)'로 읽었다. 시인이 보기에 이 지구별에서는 인간과 곤충, 인간과 동물, 아니 인간과 자연까지 이제는 피차 같은 처지의 난민인지라 누가 누구를 동정하고 자시고 할 것도 없는 평등한 존재가 되어 서로를 위로하며 눈물을 흘린다. 이런 통찰은 인간의 눈으로만 세상을 보지 않고 곤충과 짐승, 심지어는 돌멩이와 구름, 눈(雪), 구두, 틀니 같은 사물의 시선으로 세상을 보기에 가능한 것이다.

허망한 세상에서 오래 헤매고 기다리며 좌절과 실패와 절망을 겪은 끝에 시인은 필멸하는 존재들은 죽은 다음에 다른 모습으로 다시 태어난다는 생각에 도달한다. 인간은 물

론이고 만물은 이 세상에 태어나 짧은 순간을 존재하다가 영원한 무(無)의 시간 속으로 소멸하는 것이 아니다. 모든 사라지는 것은 그냥 없어지는 것이 아니라 연기(緣起)의 사슬로 이어져 다시 태어난다. "끝은 끝으로 이어진 세계의 연속,/존재는 늘 새로운 형식으로 우주의 일부로 다시 드러난다"(「끝은 끝으로 이어진」, 『끝은 끝으로 이어진』). 죽음은 삶의 단절이 아니라 새로운 삶의 시작이라는 것, 즉 삶과 죽음은 서로 연결되고 지속된다는 시인의 생각은 이번 시집에서도 엿볼 수 있다.

안녕,
지구인의 모습으로는 다들 마지막이야
죽은 사람들은 녹거나 흐르거나 새털구름으로 떠오르겠지
그렇다고 이 우주를 영영 떠나는 건 아니야
생각,이라는 것도 아주 없어지진 않아
무언가의 일부가 되는 건 확실해
보이지 않는 조각들이 모여 '내'가 되었듯
다음에는 버섯 지붕 밑의 붉은 기둥이 될 수도 있어
죽는다는 건 다른 것들과 합쳐지는 거야
새로운 형태가 되는 거야
꼭 '인간'만 되라는 법이 어디에 있니?
그러고 보니 안녕, 하는 작별은 첫 만남의 인사였네

우리는 '그 무엇'과 왈칵 붙어버릴 테니깐
난 우주의 초록빛 파장으로 번지는 게 다음 행선지야
——「하여간, 어디에선가」 전문

「상자에 던져진 눈」은 시인이 인간의 시점이 아니라 눈의
시점으로 세상을 보는 법을 보여준다.

눈은 고공(高空)의 공포로 휘청거렸다

말문이 막힌 채
상경하는 기차에서 몸을 던지듯
무작정 공단 앞에 뛰어내렸다

생각할 틈도 없이
뒤에서 떠미는 물량에 치여
상자에 내던져진다

아, 그런데 이 벼랑은
어느 날엔가 와본 듯해
누군가와 살아본 듯해

몸이 더 잘 얼 수 있도록
상자의 맨 꼭대기까지 올라갔다

재고가 쌓이는 겨울까지는
어떻게든 살아남겠지

닫힌 공장을 나서는 언니도
겨울옷을 입고 봄 속에서 녹아가겠지

겨울이 흘린 흔적을 찾느라
꽃밭의 눈들은 발갛게 부어가겠지
　　　　　　　　　　—「상자에 던져진 눈」전문

　눈은 "고공(高空)의 공포"에 떨며 공단 앞의 상자에 뛰어 내린다. 하늘에서 지상으로 무작정 낙하하여 잠시 쌓였다가 곧 녹아버리는 눈은 무작정 상경하여 공단에 뛰어든 여공이 기도 하다. 눈은 바로 여공이 환생한 존재이기에 여공이 살아온 흔적을 어렴풋이 기억한다. "아, 그런데 이 벼랑은/어느 날엔가 와본 듯해/누군가와 살아본 듯해". 기계적인 노동에 쫓기던 여공은 공장이 문을 닫자 상자처럼 내던져진다. "닫힌 공장을 나서는 언니도/겨울옷을 입고 봄 속에서 녹아가겠지"라는 말은 봄이 오면 속절없이 녹아 없어지는 눈처럼 여공도 잠시 지상에 낙하했다가 쓸모가 없어지면 버려지는 재고품이자 소모품이라는 것을 시사한다. 눈과 여공은 덧없는 존재이지만 그냥 무(無)로 "녹아" 없어지는 것은 아니다. 겨울에 쌓인 눈은 봄이 오면 녹아 땅으로 스며들어 꽃으로 피어난다. 그렇지만 재생과 순환의 과정을 거쳐 피어나는 꽃은 눈두덩이가 붓도록 울던 여공의 슬픔과 고통을 자양분으로 삼아 태어난 존재이므로 "발갛게 부어"서 필 수밖에 없다.

「어항」은 코로나 사태로 집 안에 갇혀 지내는 인간과 어항 속에 갇혀 지내는 금붕어가 실은 같은 처지의 생태 난민임을 보여준다. 시인에게는 구두와 손과 입과 금붕어가 평등한 존재인지라 자연스럽게 서로 교감하고 소통한다. 가령 "구두는 몇달째 혼자 밥을 먹"고, "손은 꽃이나 나무를 만져본 기억을 잃"고, "입은 늘 여러 국적의 무언가를 씹거나 마셨"지만 '그'(인간)는 "신선한 공기"와 "살아서 꿈틀거리는 것들"이 필요해서 어항과 모래와 수초를 주문한다. 요즘은 자연까지도 주문하면 배달되는 편리한 세상이다. 그러나 돈으로 살 수 있는 이런 식의 인공 자연은 곧 한계가 드러난다. "물다운 물", 즉 신선한 물을 먹지 못하고 "주방이 침실이고 침실이 화장실인 집"을 맴돌던 금붕어는 "온종일 누워 지"내다가 "한달이 지나자 아가미에서 수염이 자랐고 비늘이 떨어진 곳에 뼈가 드러났"지만 '그'를 치유해줄 병원은 어디에도 없다.

누가 흙에 틀니를 끼워놓았나
마지막까지도 떨어지지 않던 입안의 당신을

당신이 감자를 심듯 여기에 옮겨 심었나
나생이 옆에서 새순을 일으키는 따스운 봄의 홍조를
　　　　　　　　　　　　　　　　—「틀니」부분

감자밭 흙 속에 반쯤 묻힌 틀니도 그것을 사용하던 노인의 연분홍 순정과 따뜻한 온기를 품고 있다. 노인은 사라진 것이 아니라 거처를 밭고랑으로 옮겨 새순으로 돋아나고 있는 것이다.

2

"이 약으로 저 밭을 막고 그 돈으로 몸의 약을 사는"(「약줄」) 악순환이 이어지는 농촌에서 인간은 이제 막장까지 몰려 있다. "이 순환 농법이 끊길 때 노동도 끝이 나는 게 두렵"지만 "노동이 끝나도 삶이 끝나지 않는 게 더 두렵다"(같은 시). 농약 때문에 생긴 병을 약으로 다스리는 것도 언젠가는 한계에 부닥쳐 인간이 식물처럼 연명하는 날이 올지도 모른다. 어쩌다가 농약으로 새끼들과 동료들을 잃고 "방 안까지 난입한" 꿀벌의 눈앞에는 "이불을 둘둘 만 노인이 묽은 숨을 흘리면서/막 관에 담길 듯 누워 있"(「응시」)다. 꿀벌의 눈으로 본 늙은 농부는 막강한 적대자가 아니라, 가해자이면서 피해자인 가련한 미물에 불과하다.

「순수한 인간」에서 보듯, 인간의 눈이 아니라 동식물과 사물의 눈으로 세상을 본다는 것은 인간을 둘러싸고 있는 모든 인공물이 언젠가는 소멸하여 원래의 자연으로 돌아간다는 것을 전제로 한다. 가령 도시의 인간들이 떠받들며 평생을 그 안에 갇혀 지내는 아파트도 언젠가는 자갈이나 모래로 돌아가고, 문과 식탁과 벽지는 숲으로 돌아간다. 거울은 모래로, 철근은 쇠뭉치로, 옷은 양모나 목화로, 귀고리와 팔찌는 광석이나 옥돌로, 구두와 핸드백은 송아지나 바다코끼리, 악어의 몸으로 돌아간다. 순수한 알몸의 동물, 인간만이 남는다. 그리고 그 인간도 언젠가는 몇가지 원소와 물질로 돌아갈 것이다.

인간과 사물이 원래의 자연 상태로 돌아가고 있다는 것은 이미 생태계의 변화를 통해 감지된다. "맨드라미 씨 같은 날벌레들이 까맣게 몰려"오고, "거머리 모양에 잠자리 날개를 단 곤충"이 인간의 귓구멍만 노리고 "달팽이관을 들락거리며 귀지와 연한 살을 갉아 먹"고, "코뿔소처럼 생긴 투구벌레가 유리창과 방충망을 뜯고", "까마귀만 한 붉은 나방들이 논바닥을 닮은 장판에 까맣게 내려앉"는다. 마을회관에서는 "눈과 귀를 막은 노인들이 직진하는 모기떼를 피해 선풍기 앞에서 서로 엉덩이를 밀어내고 있"다. 「어느 마을을 지나는데」에 묘사된 이런 풍경은 괴기 영화의 한 장면처럼 섬찟하지만, 이것이 오늘날 농촌 마을의 현실이다.

마을의 변화는 이야기를 실어 나르던 길이 끊기고 직선

으로 도로가 뚫리면서부터 시작되었다. 이제 노인들만 사는 마을에서 "이야기는 치매처럼 자주 끊"기고, "길이 끊기자 등장인물과 사건이 사라졌고 마을도 이야기꾼도 숲속으로 퇴장했다"(「길」). 그 대신 남의 이야기와 자신의 이야기가 뒤섞이고, 꾸며낸 이야기와 자신이 살아온 이야기의 경계가 흐릿해진다. 그렇지만 이야기의 실종이 무한한 시간의 잣대로 보면 견디기 힘들 만큼 비극적이고 허무한 것만은 아니다. 한 사람이 생애 어디쯤에서 잠이 들면서 접어놓은 페이지에서 이야기는 끝나는 것이 아니라 다른 존재에 의해 계속 이어져 자꾸 자라나기 때문이다. 이 세상에서 사라지는 존재, 사라지는 이야기는 없다.

　살고 싶었던 삶과 살아왔던 일은 전혀 다른 이야기였지
그러나 이야기 길은 사방으로 열려 있어서 남의 일은 까
맣게 잊고 자기 이야기를 자꾸 섞어놓기도 하지 이야기꾼
과는 상관없이 이야기는 이야기를 따라 쑥쑥 자라나지 이
야기 숲에서는 진짜 세상도 이야기 속일 뿐, 이야기라 생
각하면 못 견딜 일도 없었지 접어놓은 페이지 어디쯤에서
잠이 들어도 좋을 터, 흔들어도 일어나지 않는 이야기는
또 누군가가 새로이 엮어가리니
　　　　　　　　　　　　—「자꾸 자라나는 이야기」 부분

코로나 사태를 계기로 인간이 보이지 않는 바이러스의 통

제를 받는 무력한 존재로 전락하자 시인은 지금까지 보이지 않던 세계가 보이는 세계와 하나임을 보게 되고, "인간의 눈을 포기할 때/세계는 얼마나 광활"하고 "위험보다는 위대함에 가까운가"를 깨닫는다.

그러나 보이지 않는 세계는 더 광활해서 산 귀신과 죽지도 살지도 않은 혼들과 수백년째 화살을 꽂고도 다시 허공으로 싹을 올리는 느티와 그 아래로 뻗어나간 수많은 불길과 물의 잔뿌리와⋯

그러나 보이지 않는 것을 보는 것은 시간의 단층과 그곳에서 살다 간 수많은 마음의 발자국과 그 위로 흘렀을 구름의 자손까지를 한 족보로 엮어서 보는 일
밤바람에 쓸려 가는 숲의 비명을 묵시(默示)처럼 듣는 일

인간의 눈을 포기할 때
세계는 얼마나 광활한가
위험보다는 위대함에 가까운가
　　　　　　　　　　　　　　　　—「코로나 검사소」 부분

"인간의 눈을 포기"한다는 것은 인간중심적인 사고의 틀을 벗어나 무한대의 시간과 공간으로 시야를 확장한다는 뜻이다. 이렇게 되면 지금까지와는 전혀 다른 눈으로 세상사

를 보게 되고, 전과는 다른 "광활한" 세계가 열린다. 우리가 연연했던 성공과 실패, 삶과 죽음, '너'와 '나'의 기준과 경계가 사라지고 무한대의 허공으로 열린 태허(太虛)의 자유를 맛보게 되는 것이다. 그러므로 "인간의 눈을 포기"한다는 것은 허무의 바다으로 침몰하는 위험을 불러오기보다는 저절로 이루어지는 인간사와 세계의 위대한 조화와 순환의 이치에 눈을 뜨는 계기가 된다. 이러한 시인의 개안(開眼)이 일종의 오도송(悟道頌)처럼 응축된 시가 「헛됨이 오만년이라면」이다.

헛됨이 오만년이라면 오만년의 동굴 속에는 얼마나 많은 암염(巖鹽)이 광물처럼 박혀 있는가

바위에 부리를 찍고 간 바람의 행렬이 있었겠는가, 긴 조문(弔文)이 피투성이로 따라서 갔겠는가

오만년의 기다림 속에는 또 얼마나 난폭한 광야가 속수무책 펼쳐져 있었겠는가

슬픔과 원망의 바다 너머, 지나도 지나도 지치지 않는 한낮의 사막이 이어졌겠는가

삼십년, 오십년짜리 기다림은 명함도 못 내민다는 쓸쓸

한 웃음의 격려도 들어 있지 않았겠는가

   기다림의 오만년, 그 속에는 노(勞)는 무(無)를 쌓는 일,
노는 무를 견뎌야만 완성된다는 오래된 지혜의 이삭들이
숙이고 있지 않는가

   수십 생애를 무일푼으로 건너 오만년 만에 너를 처음
만났듯 이 우주 속에는 아무것도 헛되지 않음을

   그러니 보이는 것만 보지 말라는 긴 망원경을 주시지
않았는가

   먼 우주의 시간 속에는 이 세상 헛되고 헛된 일 없다는
것을 아침마다 돌아오는 햇볕이 부연하고 있지 않는가

   이 작은 발걸음이 누군가 벗어놓고 간 큰 신발이었음을

   이 작은 신발조차 누군가 금방 신고 갈 큰 발걸음임을

   노이무공(勞而無功),

   이 차돌 같은 네 음절 속에는
                              —「헛됨이 오만년이라면」 전문

'노이무공(勞而無功)'은 동학의 창시자 수운 최제우 선생이 지은 한글 가사 「용담가」에 나오는 말이다. "하느님 하신 말씀/개벽 후 오만년에/네가 또한 첨이로다/나도 또한 개벽 이후/노이무공 하다가서/너를 만나 성공하니/나도 성공 너도 득의/너의 집안 운수로다". 여기서 하느님은 인간 세상의 밖에서 우주를 창조하고 생성을 주관하는 전지전능한 절대자가 아니다. 지금까지 오만년 동안 노력했으나 실패와 좌절만을 맛보다가 수운을 만나 비로소 성공을 거두었다고 고백하는 하느님은 무에서 천지를 창조한 창조주가 아니라 천지의 생성에 인간과 함께 참여하는, 인간과 대등한 존재이다. 하느님의 그 오랜 기다림과 수고와 노력이 헛된 것이 아닌 것처럼, 인간의 오랜 기다림과 수고와 노력도 헛되지는 않다. "먼 우주의 시간 속에는 이 세상 헛되고 헛된 일 없"고, "노(勞)는 무(無)를 쌓는 일, 노는 무를 견뎌야만 완성"되는 것이다. "바위에 부리를 찍고" "난폭한 광야"와 "슬픔과 원망의 바다"를 피투성이로 건넌 간절한 기다림과 견딤이 마침내 "차돌 같은" 단단하면서도 빛나는 한편의 시로 영글었으니 시인과 하느님 모두의 성공이 아닌가.

鄭址昶 | 문학평론가

회오리가 빠져나간 뒤
안 보이는 곳으로 방치된 산산 파편들
그 깨진 살점들을 살피는 일
그 뼛조각들을 모아
다시 언어의 옷을 입히는 일

그건 아직 시의 영역

2024년 8월
박승민

창비시선 508

해는 요즘도 아침에 뜨겠죠

초판 1쇄 발행 / 2024년 8월 20일

지은이 / 박승민
펴낸이 / 염종선
책임편집 / 이주원 박문수
조판 / 박지현
펴낸곳 / (주)창비
등록 / 1986년 8월 5일 제85호
주소 / 10881 경기도 파주시 회동길 184
전화 / 031-955-3333
팩시밀리 / 영업 031-955-3399 편집 031-955-3400
홈페이지 / www.changbi.com
전자우편 / lit@changbi.com

ⓒ 박승민 2024
ISBN 978-89-364-2508-1 03810